AF610239

ŒUVRES de

Georges COURTELINE

L'Ami des Lois

PARIS

ALBIN MICHEL, ÉDITEUR

59, RUE DES MATHURINS

2515-04. — CORBEIL. Imprimerie ÉD. CRÉTÉ.

L'AMI DES LOIS

PAR

GEORGES COURTELINE

Illustrations de L. Bombled, Albert Guillaume, Barrère et de Sta.

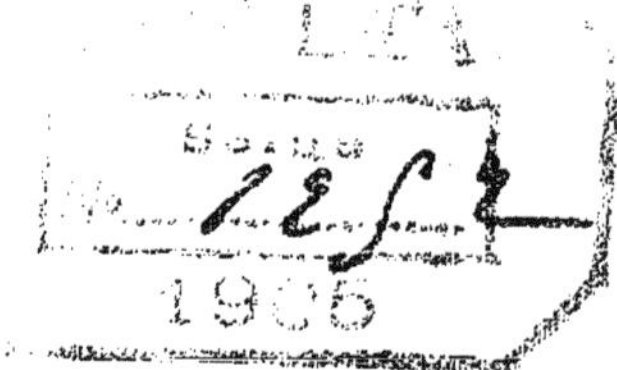

PARIS
ALBIN MICHEL, EDITEUR
59, RUE DES MATHURINS

J'aime et admire au delà de toute expression les personnes qui, par leur esprit d'à-propos, les seules ressources de leur ingéniosité, ont raison de la bêtise des choses et de la méchanceté des hommes. J'adore, après les avoir vues à travers des larmes indignées, revendiquer en vain leur *dû*, — ce *dû* que, neuf fois sur dix, par le seul fait qu'il est leur *dû* incontestable, l'infâme et imbécile Loi, ennemie née des hommes de bonne volonté, se refuse à leur accorder — les voir ouvrir à deux battants, sur l'inviolable territoire des abominations *légales*, des portes qu'on ne soupçonnait point. Oui, il est un beau spectacle : celui des gens de bien bafoués, las d'être dupes, qui en viennent à se déguiser en brigands pour avoir le *droit* de leur côté et demandent à la mauvaise foi ce qu'ils n'ont pu obtenir du seul bien fondé de leur cause.

L'AMI DES LOIS

LA CORRESPONDANCE CASSÉE

SCÈNE PREMIÈRE

Place de la Bastille, à la tête de ligne des tramways « Place-Blanche Boulevard-Richard-Lenoir ».

On va partir.

Debout sur la plate-forme du véhicule, le contrôleur appelle les numéros.

LE CONTROLEUR

Cinquante-huit !... Cinquante-neuf !... Soixante !... Soixante et un !...

L'auteur a tiré d' « Hortense couche-toi » et de la « Lettre chargée » deux saynètes pour le théâtre (Stock, éditeur).

LA BRIGE, *qui a le* 61, *s'approchant* :

Monsieur, je descends à l'instant même du tramway de la Porte-Rapp, muni de cette correspondance, que j'ai cassée sans le faire exprès. En voici les deux morceaux. Est-ce qu'elle est tout de même valable ?

(Le contrôleur ne dit ni oui ni non. Il borne sa réponse à un hochement négatif, absolument imperceptible d'ailleurs, de sa casquette brodée d'argent. C'est en effet un personnage considérable. qui doit aux seules supériorités de sa rare intelligence la haute situation qu'il occupe dans la vie. Il se sait fils de ses œuvres ; il est en outre homme d'esprit et a la répartie facile, toutes qualités qui l'enorgueillissent fort et le portent à traiter avec quelque dédain les petites gens que leur humble condition oblige à prendre le tramway.)

LE CONTROLEUR

Soixante-deux !... Soixante-trois !... Soixante-quatre !... Soixante-cinq !...

LA BRIGE, *qui recommence* :

Monsieur, j'ai le soixante-et un ; mais, ainsi que je vous l'ai déjà dit, voici ce qui m'est arrivé. En descendant du tramway de la Porte-Rapp, je me suis flanqué les quatre fers en l'air, — non pour mon agrément, je vous prie de le croire — si bien que ma correspondance s'est cassée dans mes doigts, en deux. Est-elle tout de même valable ?

LE CONTROLEUR, *qui, cette fois, ne s'abaisse même plus jusqu'à agiter sa casquette :*

Soixante-six !... Soixante-sept !... Soixante-huit !... Soixante-neuf !...

LA BRIGE.

Pardon. — Est-ce que vous êtes sourd, idiot ou empaillé ?

LE CONTROLEUR.

Vous dites ?

LA BRIGE.

Je dis : « Est-ce que vous êtes sourd, idiot ou empaillé ? »

LE CONTROLEUR.

Dites-donc ! Je vais aller vous enseigner la politesse, moi.

LA BRIGE.

Vous aurez donc à l'aller l'apprendre d'abord.

LE CONTROLEUR

Malappris ! Grossier personnage !

LA BRIGE

C'est vous qui êtes un malappris. Voilà deux fois que je vous demande si cette correspondance cassée peut encore servir oui ou non.

LE CONTROLEUR, *dans un aboiement :*

Non, elle ne peut pas servir ! ! !

LA BRIGE.

Il fallait le dire tout de suite. — Puis, d'où vient qu'elle ne puisse servir ? Les morceaux en sont bons, pourtant.

LE CONTROLEUR, *spirituel :*

Mangez-les, s'ils sont si bons que ça. (*Il rit. — Un*

temps.) Eh bien ?... Quoi ?... Quand vous resterez là une heure, avec votre correspondance ?... Je vous répète qu'elle ne vaut rien !...

LA BRIGE.

Elle ne vaut rien parce que vous ne voulez pas la prendre. Vous n'avez pas de complaisance, voilà tout. — Voyons, quel plaisir prenez-vous à me faire dépenser trois sous inutilement ? Vous ne savez même pas si je les ai.

LE CONTROLEUR.

Il ne s'agit pas de tout ça. Voulez-vous monter, et payer ?

LA BRIGE

... Et remarquez bien, je vous prie, que chacun des deux morceaux de cette correspondance cassée est absolument intact...

LE CONTROLEUR

Soixante dix !... Soixante et onze !... Soixante douze !...

LA BRIGE

.. qu'en rapprochant ces deux moitiés, nous obtenons un tout parfait...

LE CONTROLEUR

Soixante treize !... Soixante quatorze !... Soixante quinze !...

LA BRIGE

... timbré à la date du jour...

LE CONRTOLEUR

Soixante seize !...

LA BRIGE

...et aux couleurs réglementaires.

LE CONTRCLEUR

Soixante dix-sept !... Soixante dix-huit !... Soixante dix-neuf !

LA BRIGE

Il suffit ; je paierai ma place.

LE CONTROLEUR.

Vous vous décidez ?

LA BRIGE

Je me décide.

LE CONTROLEUR

C'est heureux. Vous y avez mis le temps.

(La Brige escalade l'impériale et s'installe. Le tramway part. Deux minutes s'écoulent.)

SCÈNE II

Sur l'impériale :

LE CONDUCTEUR, *apparaissant brusquement :*

Places, siouplaît !

LA BRIGE, *qui a tiré de sa poche un portefeuille bourré de billets de banque et en a pris un dans le tas :*

LE CONDUCTEUR.

Qu'est-ce que c'est que ça

LA BRIGE.

C'est un billet de mille francs.

LE CONDUCTEUR.

Un billet de mille francs ?

LA BRIGE.

Parfaitement.

LE CONDUCTEUR.

Vous vous fichez de moi. Qu'est-ce que vous voulez que j'en fasse ?

LA BRIGE.

Payez-vous.

LE CONDUCTEUR.

Je n'ai pas de monnaie.

LA BRIGE.

Vous m'en voyez pénétré de tristesse !... (*Un temps.*) J'en ai, moi.

LE CONDUCTEUR

Vous avez de la monnaie ?

LA BRIGE.

Bien sûr, j'ai de la monnaie !... Au point que j'en suis comme cousu. — (*Tapant sur son gousset.*)

Entendez plutôt, en mes poches, la joyeuse chanson du billon. Dites, n'ai-je point l'air d'avoir sur moi des escadrons de mules harnachées? Ah ! la voix harmonieuse des pièces de dix centimes !... N'est-elle pas la plus douce du monde ?

LE CONDUCTEUR, *agacé :*

Voulez-vous me payer, à la fin ?

LA BRIGE.

Je ne demande que ça. Pour qui me prenez-vous ? Je serais le dernier des hommes si je prétendais occuper sur une impériale de tramway, une place dont je n'acquitterais point le montant. (*Souriant*) : Mon brave, voici cinquante louis ; les voulez-vous ou ne les voulez-vous pas ?

LE CONDUCTEUR.

Je n'ai pas de monnaie, encore une fois.

LA BRIGE.

Allez en faire

LE CONDUCTEUR.

Est-ce que vous prenez le pape pour une crotte de

chien ? Nous allons peut-être changer l'itinéraire de la voiture et passer par la Banque de France ?

LA BRIGE.

Passez par où il vous plaira ; mais quant à avoir un seul sou des innombrables sous contenus en mes poches, abandonnez cette espérance.

LE CONDUCTEUR.

Cependant...

LA BRIGE.

Je vous demande pardon. — Les règlements en vigueur disent-ils que je dois payer ma place en espèces déterminées ?

LE CONDUCTEUR.

Il ne s'agit pas de ça. Du reste, vous savez, je m'en bats l'œil... Vous êtes voyageur sans argent ; et je vous signalerai au prochain bureau, boulevard des Filles-du-Calvaire.

LA BRIGE.

Non.

LE CONDUCTEUR.

Non ?

LA BRIGE.

Non.

LE CONDUCTEUR.

Pourquoi donc ?

LA BRIGE.

Pourquoi ?,.. Parce que je descends ici. Voulez-vous faire arrêter, je vous prie ?

LE CONDUCTEUR.

Vous ne descendrez pas.

LA BRIGE.

Si.

LE CONUUCTEUR.

Si ?

LA BRIGE.

Si !... je descendrai, au contraire ; je descendrai à l'instant même, attendu qu'il n'est point de lois ni de prophètes s'opposant à ce qu'un voyageur descende du tramway quand il lui plaît d'en descendre.

LE CONDUCTEUR.

Mais...

LA RBIGE.

J'en appelle aux personnes présentes, et, si cela devient nécessaire, à MM. les gardiens de la paix.

LE CONDUCTEUR.

Payez d'abord.

LA BRIGE.

Vous dites toujours la même chose. Pour la troisième et dernière fois, pouvez-vous me rendre sur mille francs ?

LE CONDUCTEUR.

Non.

LA BRIGE.

Eh bien ! allez vous asseoir...

(*Il se lève.*)

LE CONDUCTEUR.

Bon Dieu ! voulez vous rester là ?...

LA BRIGE.

Mon ami, faites bien attention aux paroles que je vais prononcer : je suis un homme doux et sociable mais il ne faut pas abuser. Si vous avez le malheur de me barrer le chemin, je vous saisis par le fond de la culotte et je vous envoie par-dessus cette balustrade voir sur la chaussée si j'y suis. — Voulez-vous me laisser passer ?

LE CONDUCTEUR, *immédiatement revenu à de meilleurs sentiments :*

Au fond, je crois volontiers qu'une correspondance

cassée est, jusqu'à certain point, valable ! Celle de Monsieur n'est peut-être pas si mauvaise... et si Monsieur, qui est beaucoup trop honnête homme pour laisser un pauvre diable comme moi casquer de trois sous à sa place, voulait avoir la complaisance de venir jusqu'au bureau des Filles-du-Calvaire...

HORTENSE, COUCHE-TOI

Une chambre à coucher qu'encombre, de paille et de paniers aux larges gueules béantes, le désordre des déménagements.

SCÈNE PREMIÈRE

LES DEMENAGEURS, puis LA BRIGE,
puis HORTENSE.

LES DÉMÉNAGEURS

Le temps passe, que rien ne saurait prolonger.
Le nouveau locataire est là, qui veut la place,
Commençons par déménager
Ce seau, cette pendule et cette armoire à glace.

Sur nos nuques et sur nos dos
Chargeons, messieurs, chargeons les lourds fardeaux.

LA BRIGE, *entrant.*

Une petite minute, s'il vous plaît ; messieurs les déménageurs. Je dois vider les lieux aujourd'hui, mais il importe qu'au préalable je paye à M. Saumâtre, propriétaire de cette maison, le montant du trimestre échu. N'ayant pas les fonds nécessaires, à l'accomplissement de cette opération, j'ai écrit à M. Saumâtre de venir causer avec moi touchant son réglement de compte ; nul doute que nous nous entendions. — Mais voici, la charmante Hortense.

Entre Hortense enceinte de neuf mois.

LES DÉMÉNAGEURS.

Ciel ! quel spectacle ! Ah ! quelle est belle à voir !
Quelle aimable pudeur ! Quelle feux en sa prunelle !

(A part.)

L'espiègle enfant en son tiroir
Dissimule un polichinelle !...
Affectons de ne pas nous en apercevoir.

(Haut.)

Sur nos nuques et sur nos dos.
Chargeons, messieurs, chargeons les lourds fardeaux.

HORTENSE, *après avoir salué.*

Est-ce que M. Saumâtre est venu ?

LA BRIGE

Je l'attends d'une minute à l'autre, car il est midi tout à l'heure et il ne peut tarder maintenant.

Au même instant, M. Saumâtre entre par le fond.

MONSIEUR SAUMATRE.

Me voici, monsieur.

SCÈNE II

Les Mêmes, MONSIEUR SAUMATRE.

LA BRIGE

C'est ma foi ai ! C'est M.. Saumâtre en personne !

Eh ! bonjour, monsieur Saumâtre ! Je suis bien votre serviteur !

HORTENSE.

Je vous salue, Monsieur Saumâtre, et suis votre servante très humble.

MONSIEUR SAUMATRE.

Madame, je vous présente mes devoirs. Monsieur je vous suis obligé. — Voici votre petite quittance.

LA BRIGE, *qui se méprend.*

Ah ! monsieur !... Une telle grandeur d'âme ! une pareille générosité !... Croyez bien que vous ne perdrez rien. Nous ne somme ni des ingrats ni des malhonnêtes gens ! Hortense est là, qui peut vous le dire, et...

MONSIEUR SAUMATRE.

Pardon ! Vous avez les fonds ?

LA BRIGE, *interloqué.*

Non.

MONSIEUR SAUMATRE.

En ce cas...

Il remet sa quittance dans sa poche.

HORTENSE.

Comment !

LA BRIGE.

Monsieur Saumâtre, écoutez-moi.

MONSIEUR SAUMATRE.

Monsieur, je n'ai rien à écouter.

HORTENSE

Pourtant...

MONSIEUR SAUMATRE.

Je n'ai que faire de vos paroles.

LA BRIGE.

Un mot, monsieur Saumâtre ; un seul ! — Voilà exactement cinq ans que je suis votre locataire. Ne vous ai-je pas toujours, à la minute précise, payé l'argent que je vous devais ?

MONSIEUR SAUMATRE.

Il ne s'agit pas de l'argent que vous avez pu me devoir, mais bien de l'argent que vous me devez à cette heure.

LA BRIGE.

Mais, monsieur, je ne puis vous le donner. Je ne l'ai pas.

MONSIEUR SAUMATRE.

Je garderai donc votre mobilier.

HORTENSE, *aux cent coups.*

Notre mobilier !

MONSIEUR SAUMATRE.

C'est mon droit.

LES DÉMÉNAGEURS.

Vit-on jamais férocité pareille ?
Monsieur Saumâtre en lui porte un cœur de rocher !
Quoi ! rien ne le saurait toucher ?
Mais prêtons à la suite une attentive oreille.

Sur nos nuques et sur nos dos
Chargeons, messieurs, chargeons les lourds fardeaux.

LA BRIGE.

Mes intentions, monsieur Saumâtre, sont de ne point vous faire tort d'un sou. Je suis le plus honnête homme de la terre et rien ne saurait me décider à ne pas payer ce que je dois. Mais quoi !... je me trouve gêné ; ce sont de ces choses qui arrivent à tout le monde. Hortense, la divine Hortense, (*Il baise la main à Hortense*) a eu une grossesse pénible, en sorte que j'ai dû donner aux médecins les quelques écus qu'un à un j'avais mis de côté pour vous. Allons, monsieur Saumâtre, allons ! Ne vous faites point plus méchant que vous ne l'êtes. Je vous solderai votre dû, lundi prochain avant midi ; car j'attends de l'argent de ma famille, ainsi qu'en atteste cette lettre. Laissez-nous partir, je vous prie.

MONSIEUR SAUMATRE.

Eh ! partez !... Qui vous en empêche ! Je ne vous demande pas autre chose, moi.

LA BRIGE.

Avec mon mobilier ?

MONSIEUR SAUMATRE.

Ah ! non.

LA BRIGE.

Monsieur, nous ne sommes pas des bohèmes. Nous ne voulons pas emménager avec un lit et une paillasse.

MOUSIEUR SAUMATRE.

Une paillasse ? Emportez-en deux. Je ne suis pas une bête féroce.

LA BRIGE.

Causons chiffre. Je vous dois 250 francs.

MONSIEUR SAUMATRE.

Je ne le sais que trop.

LA BRIGE.

Or, j'ai pour cinq mille francs, de meubles. Laissez-m'en enlever une moitié et gardez l'autre en garantie.

MONSIEUR SAUMATRE.

Non.

LA BRIGE.

Remarquez que je vais pous signer des billets, payables après-demain matin.

MONSIEUR SAUMATRE.

Je n'accepte pas cette monnaie.

LA BRIGE.

Pourquoi ? Elle en vaut une autre. Des meubles sont toujours des meubles, et des billets sont toujours des billets. Si les billets que je vous offre ne sont pas payés à heure dite, eh bien ! vous ferez saisir mes meubles à mon nouvel appartement.

MONSIEUR SAUMATRE, *dans un pâle sourire.*

On se fait bien des illusions sur l'état de propriétaire.

LA BRIGE, *qui commence à rager.*

L'état de locataire sans argent est bien plus enviable sans doute, et je vous plains de tout mon cœur.

MONSIEUR SAUMATRE.

Il suffit. Vos impertinences ne parviendront pas à me convaincre.

LA BRIGE.

Je ne suis pas impertinent. Je constate simplement que dans toute cette affaire vous faites preuve d'une étrange mauvaise volonté.

MONSIEUR SAUMATRE.

Je fus échaudé trop souvent.

LES DÉMÉNAGEURS

Conspuez, ô nos cœurs, cet homme opiniâtre,
Contenez vos élans justement indignés.
Et vous, nos yeux, de pleurs baignés,
Flétrissez le cruel Saumâtre !

Sur nos nuques et sur nos dos,
Chargeons, messieurs, chargeons les lourds fardeaux.

LA BRIGE, *aux déménageurs.*

Je vous demande pardon, messieurs les déménageurs, mais je suis dans la triste obligation de renoncer à vos services. Toutefois, il ne sera pas dit que de braves garçons comme vous se seront dérangés pour rien. J'entends que vous buviez un coup à ma santé. — Tu as de la monnaie, Hortense?

LES DÉMÉNAGEURS.

De votre front chargé d'ennui
Ecartez toute âpre pensée ;
Le déménageurs porte en lui
Une âme désintéressée.

Puisque ce monsieur nous accorde
Une équitable indemnité,
Salut à lui ! Paix et concorde
Aux gens de bonne volonté.

LA BRIGE.

Je suis pauvre. Voilà cent sous. Allez vous désaltérer et laissez là vos paniers que vous reprendrcz tout à l'heure.

LES DÉMÉNAGEURS, *enthousiasmés.*

Cent sous !... Il nous offre une thune !...
Ventre-Saint-Gris, c'est la fortune !
Or, voici qu'il est midi vingt,
Précipitons nos pas vers le marchand de vin.

Ils sortent.

SCÈNE III

Les Mêmes, moins LES DEMENAGEURS.

LA BRIGE.

Et maintenant, Hortense, couche-toi !

HORTENSE, *ahurie.*

Que je me couche ?

LA BRIGE.

A l'instant même. — Monsieur Saumâtre... serviteur !

MONSIEUR SAUMATRE, *abasourdi.*

Comment !...

LA BRIBE.

Veuillez vous retirer.

MONSIEUR SAUMATRE.

Ah ! ça mais, qu'est-ce que cela veut dire ?

LA BRIGE.

Cela veut dire, monsieur Saumâtre, que madame, enceinte, est à terme, et que la loi lui donne neuf jours pour accoucher.

MONSIEUR SAUMATRE.

Neuf jours !

LA BRIGE.

Oui, neuf jours.

MONSIEUR SAUMATRE.

Ce n'est pas vrai.

LA BRIGE.

Oh ! mais pardon !... Soyez poli, ou je vais vous mettre à la porte.

MONSIEUR SAUMATRE.

Monsieur, j'ai pour habitude d'être poli avec tout le monde. Seulement vous me permettrez de vous le dire : vous me faites rire avec vos neuf jours. Et mon nouveau locataire ?

LA BRIGE.

Vous n'avez pas la prétention de le coucher dans le lit d'Hortense ?

MONSIEUR SAUMATRE.

Non ! Mais encore faut-il qu'il couche quelque part.

LA BRIGE.

Il couchera où il voudra.

MONSIEUR SAUMATRE, *avec finesse.*

A vos frais.

LA BRIGE.

Pourquoi à mes frais ? Je ne connais pas cet homme, comme disait Saint-Pierre ; c'est avec vous, non avec moi qu'il a passé un contrat, c'est donc, non à moi, mais à vous qu'il intentera un procès, gagné d'avance, bien entendu.

MONSIEUR SAUMATRE.

Possible ! Seulement, moi, malin, je vous poursuivrai à mon tour.

LA BRIGE.

Deuxième procès !

MONSIEUR SAUMATRE.

Deuxième procès !

LA BRIGE.

Que vous perdrez comme le premier.

MONSIEUR SAUMATRE.

Parce que ?

LA BRIGE.

Parce que des trois personnes en cause vous êtes la seule qui n'ait pas raison jusqu'au cou. Comment ! vous ne comprenez pas que votre nouveau locataire a précisément les mêmes droits à venir occuper ce logement, que moi à ne pas en sortir ?... lui, en vertu de la loi commune qui régit les contrats entre particuliers, moi, en vertu de la loi d'exception que crée le cas de force majeure ?

MONSIEUR SAUMATRE.

D'où je conclus qu'étant donné une maison dont je suis seul propriétaire, tout le monde y est maître, excepté moi ?...

LA BRIGE.

Naturellement.

MONSIEUR SAUMATRE.

Dans tous les cas, il est tout à fait inutile d'élever la voix comme vous le faites. Discutons et tombons d'accord. Vous me laisseriez, vous dites ?

LA BRIGE.

Rien du tout ! Je veux tout emporter.

MONSIEUR SAUMATRE.

Tout à l'heure...

LA BRIGE.

Tout à l'heure n'est pas à présent... Il fallait accepter quand je vous ai offert.

MONSIEUR SAUMATRE.

J'ai changé d'avis.

LA BRIGE.

Moi aussi.

MONSIEUR SAUMATRE

Vous n'êtes pas gentil.

LA BRIGE.

C'est possible. — Hortense couche-toi !

MONSIEUR SAUMATRE.

Hortense, couche-toi... Hortense couche-toi... Cela est facile à dire.

LA BRIGE.

Pas plus qu'à faire... Voyez plutôt.

(*L'obéissante Hortense vient, en effet, de quitter son corsage. Maintenant elle attaque le cordon de son jupon, lequel, bientôt, s'écroule mollement à ses pieds.*)

LA BRIGE, *avec beaucoup de simplicité :*

Ote ton pantalon, Hortense.

(*Hortense ôte son pantalon. Elle apparaît dans un appareil des plus simples : seulement vêtue de ses bas et de sa chemise. Elle écarte le drap et se glisse dans le lit.*)

LA BRIGE.

Voilà qui est fait. — (*Tendant la main à M. Saumâtre en manière de congé donné*) : Mon cher monsieur...

MONSIEUR SAUMATRE, *après un court silence :*

Alors, comme ça, vous me signeriez un billet payable dans les quarante-huit heures ?

LA BRIGE.

Non!

MONSIEUR SAUMATRE

Comment, non ?... Elle est trop forte ! Pourquoi me l'avez-vous offert puisque vous aviez l'intention de revenir sur votre parole ?...

LA BRIGE.

Pourquoi avez-vous refusé, puisque vous deviez revenir sur votre décision ?

MONSIEUR SAUMATRE.

Permettez...

LA BRIGE.

Permettez vous-même. J'étais, il y a un instant, un pauvre diable au désespoir de ne pouvoir payer ses dettes et qui en appelait humblement au bon vouloir de son semblable, La loi me menaçait donc de ses foudres. A cette heure, passé à d'autres exercices, je vous expulse d'une maison qui a cessé d'être la mienne. J'ai donc la loi avec moi. Car c'est aussi simple que cela, et il suffit neuf fois sur dix à un honnête homme échoué dans les toiles d'araignée du Code, de se conduire comme un malfaiteur, pour être immédiatement dans la légalité. Eh bien, monsieur, j'y suis, j'y reste. Vous m'avez contraint à m'y mettre, vous trouverez bon que j'y demeure.

MONSIEUR SAUMATRE.

La loi !.. J'en ai plein le dos, de la loi.

LA BRIGE.

Si vous croyez que vous êtes le seul !...

MONSIEUR SAUMATRE.

Eh bien gardez vos billets et vos meubles et fichez-moi le camp au plus vite ; que je n'entende plus parler de vous.

LE BRIGE.

Pardon, Et les cent sous que nous avons donnés à messieurs les déménageurs ?

MONSIEUR SAUMATRE, *goguenard.*

Il faut que je vous les rende, peut-être !

LA BRIGE.

Vous ne les rendrez pas ?

MONSIEUR SAUMATRE.

Jamais !

LA BRIGE.

Vous allez me rendre mes cent sous, ou je vais chercher la sage-femme !

MONSIEUR SAUMATRE, *exaspéré.*

Assez.!,.. Les voilà ! — Est-ce tout ? Voulez-vous ma montre ?... Voulez-vous mon parapluie ?

LA BRIGE.

Mille remerciements, cher monsieur. Respectueux du bien d'autrui, je vous laisserai l'une et l'autre. J'ajoute que vous ne perdrez rien. Je vous dois deux cent cinquante francs, je vous les paierai à un centime [illegible] acomptes !... vingt sous par semaine !... [illegible] vous pouvez compter comme s'ils étaient déjà à la Caisse d'Epargne. C'est l'affaire de quelques années, mais qu'est-ce que c'est que des années comparées à l'Eternité ? Hortense, mon enfant, lève-toi ! — Cependant, voici qu'un bruit de bottes emplit la cage de l'escalier. Ce sont les déménageurs, qui viennent reprendre leurs paniers et qui arrivent fort à propos pour terminer la comédie. (*Aux Déménageurs.*) Tout est bien qui finit bien, nous sommes d'accord, monsieur et moi, et vous pouvez enfin, messieurs, sur vos nuques et sur vos dos, charger, charger, les lourds fardeaux.

LES DÉMÉNAGEURS

Bénissons l'heureuse journée
Qui voit triompher la vertu.
(*A M. Saumâtre.*)
Et toi, monstre avide et têtu,
Fuis vers une autre destinée.

Sur nos nuques et sur nos dos
Chargeons, messieurs, chargeons les lourds fardeaux.

Rideau.

LE MAUVAIS COCHER

LA BRIGE, *sa montre à la main :*

Six heures moins vingt. Le train de Vincennes part à moins dix. Hâtons-nous de sauter dans un fiacre.

(Il hèle un fiacre qui passe et qui vient se ranger près du trottoir. La Brige y monte.)

LA BRIGE.

Gare de Vincennes !

LE COCHER, *que de petites affaires personnelles appelaient du côté de Montmartre :*

Gare de Vincennes ? Y a rien de fait.

LA BRIGE.

Comment, rien de fait ?

LE COCHER.

Non. Je remise.

LA BRIGE.

Parfaitement. Je la connais. Voulez me faire le plaisir de filer !... Les cochers sont extraordinaires ; ils se croient toujours pendant l'Exposition.

LE COCHER.

Je vous dis que je vais remiser !...

LA BRIGE.

Vous remiserez quand vous m'aurez conduit. Un cocher qui va remiser ne doit pas stationner sur la voie publique et s'arrêter quand on l'appelle. Je connais les règlements. En route, hein ! et au trot !

LE COCHER, *dompté :*

C'est bon.

(*Il touche. Le fiacre s'ébranle ; mais le cheval, savamment contenu, rampe sur l'asphalte comme une limace.*)

LA BRIGE, *au bout d'un instant :*

Plus vite, cocher, s'il vous plaît. Je prends le train de six heures moins dix.

LE COCHER.

Mon cheval est fatigué.

LA BRIGE.

Ne faites pas la bête. Vous en avez pour six minutes tout au plus, si vous voulez y mettre de la bonne volonté. Seulement, du train dont vous allez, nous en avons pour trois quarts d'heure.

LE COCHER.

Je vas comme je peux.

LA BRIGE.

Ne dites donc pas ça ; vous faites exprès de m'embêter. Soyez raisonnable, cocher ; un bon mouvement, sacrebleu ! Cela vous fera une belle jambe, de me faire manquer mon train.

LE COCHER, *fredonne :*

C'est nous qui sommes les gardes
Municipaux ;
Nous avons des cocardes
A nos chapeaux.

LA BRIGE, *qui commence à rager :*

Ah ! vraiment ?... Ah ! c'est vous, cocher, qui êtes les gardes ?... Eh bien, mon brave, vous aurez de moi un pourboire que vous pourrez vous introduire dans l'œil sans crainte d'attraper un compère-loriot. Et puis, faites-le moi manquer le train ; faites-le moi manquer, pour voir, le train de six heures moins dix, vous verrez ce qui vous arrivera.

(*Silence méprisant du cocher qui, par des prodiges d'habileté, trouve moyen de modérer encore l'allure de sa bête. A cette heure, celle-ci marque le pas sur place ! La Brige s'est tu. Six heures moins un quart, puis six heures, puis six heures un quart.*)

On arrive enfin.

(*Le fiacre s'arrête.*)

LA BRIGE, *froidement :*

Barrière de Vincennes, cocher !

LE COCHER, *stupéfait :*

Quoi ?

LA BRIGE.

Je vous dis : « Barrière de Vincennes. » Vous m'avez fait manquer mon train, je vous garde à l'heure.

LE COCHER, *congestionné et qui saute à bas de son siège :*

Nom de Dieu, voulez-vous descendre !,..

LA BRIGE.

Et remarquez que je ne suis pas méchant. De la place de la Bastille à la barrière de Vincennes, vous-en avez pour un quart d'heure par le faubourg Saint-Antoine. Montrez-vous donc un peu moins bête que vous ne l'avez fait jusqu'alors et songez que notre intérêt à tous les deux est d'être rendu au plus vite.

LE COCHER.

Nom de Dieu, voulez-vous descendre !

(*La foule s'assemble.*)

LA BRIGE, *la tête à la portière :*

Je voudrais que quelqu'un eut la complaisance d'aller me chercher un agent.

(*Silence et impassibilité de la foule.*)

LA BRIGE, *haranguant :*

Messieurs et chers concitoyens, vous voyez en moi un pauvre homme submergé de bon droit et de bonne foi et qui se bute au mauvais vouloir d'une brute entêtée et méchante. Lequel de vous, dix fois, vingt fois, cent fois, n'a pas été victime de l'infamie d'un cocher de fiacre ? C'est mon cas. Je vous jure, messieurs, que je suis un homme pacifique, ennemi des vaines discussions et des imbéciles chicaneries, et tout à fait digne, que les honnêtes gens lui prêtent aide et assistance. Un agent, messieurs, un agent !...

(*Silence et impassibilité de la foule.*)

LA BRIGE, *amer :*

Il est inouï que dans une ville comme Paris on en trouve pas de solidarité.

LE COCHER.

A la fin, allez-vous descendre ?... Je vas vous apprendre comment je m'appelle ! moi !

LA BRIGE.

Hélas ! Vous vous appelez Légion !

LE COCHER, *indigné :*

Légion toi-même, eh salaud ! Et puis c'est pas tout ça ; tu vas foutre le camp ou je te fous mon poing sur la gueule !

LA BRIGE, *avec un sourire éloquent :*

Je vous engage à n'en rien faire.

LE COCHER.

Paquet !... Outil !... Tête de veau !

LA BRIGE.

J'ai la tête de veau, mais vous en avez l'âme. Et puis, vous perdez votre temps. Je ne descendrai de cette voiture que si les agents m'en donnent l'ordre.

(*Ayant ainsi discouru et ne voulant plus rien*

savoir, La Brige se cale en l'enfoncement du fiacre, avec l'attitude d'un monsieur qui se dispose à hiverner. Il tire une cigarette, qu'il flambe ; il tire un journal qu'il déploie : ceci pour la plus grande exaspération du cocher, lequel emplit l'air de ses cris, bien que n'osant taper, cependant.)

(Cinq minutes s'écoulent ; puis) :

UN AGENT, *s'approchant :*

Qu'est-ce qu'il y a ?

LA BRIGE.

Enfin !...

(Il expose sa petite affaire : mais l'agent, bien entendu, appelé à se prononcer entre un brave homme et une gouappe, n'hésite pas une seule minute.)

L'AGENT.

Le cocher a raison, cela ne fait pas de doute. On prend un fiacre à l'heure ou on le prend à la course. Vous avez pris celui-ci à la course, n'est-ce pas ?

LA BRIGE.

Oui, mais...

L'AGENT.

Et il vous a conduit ?

LA BRIGE.

Je reconnais que...

L'AGENT.

Alors, qu'est-ce que vous réclamez ?

LE COCHER, *encouragé :*

Il est saoul !... Il est saoul !...

LA BRIGE.

Voyons, monsieur l'agent...

LE COCHER.

Paye-moi donc, eh, salaud ! voleur !

LA BRIGE.

Faites taire cet homme, monsieur l'agent. Vous l'entendez, il m'insulte !

L'AGENT.

Payez-lui ce que vous lui devez, il ne vous insultera plus.

LE COCHER.

Ça, c'est tapé !... Allez, allez ! Des pépètes, ou au violon !

LA BRIGE, *avec le plus grand calme :*

Soit. Voici trente sous, cocher. (*A l'agent.*) Et maintenant, monsieur l'agent, que je suis quitte avec cet homme, puis-je le garder, en lui payant le montant d'une seconde course ?

L'AGENT.

Parbleu. (*Goguenard.*) Si ça vous fait plaisir de recracher un franc cinqante pour vous faire ramener à la barrière de Vincennes qui est à deux pas d'ici, c'est votre droit.

LA BRIGE.

Oui ?

L'AGENT.

Absolument.

LA BRIGE.

C'est tout ce que je voulais savoir. — Cocher, à Levallois-Perret.

LE COCHER.

A Levallois !... A Levallois-Perret !

L'AGENT, *timidement :*

Mais... je croyais que vous alliez à la barrière de Vincennes ?...

LA BRIGE.

Je vais où je veux. De quoi vous mêlez-vous ?

LE COCHER, *des larmes dans la voix :*

A Levallois !... Mais c'est tout Paris à traverser.

LA BRIGE, *très simple :*

En largeur.

LE PIANO

LA BRIGE.

J'avais emménagé rue de Douai depuis une huitaine de jours, quand le bonhomme qui m'avait loué un piano me tomba sur le poil comme un coup de bâton, flanqué de deux déménageurs aux maillots rayés blanc et bleu d'où ressortaient de formidables biceps aussi gros que des traversins et gonflés comme des boudins blancs.

L'homme n'eut qu'un mot :

— Mon piano ?...

Après quoi, ayant aperçu la nappe lumineuse que reflétait l'instrument en une encoignure de la pièce :

— J'arrive à temps ! soupira-t-il soulagé, en séchant de son bras sur son front la sueur d'angoisse qui y perlait. Oh ! là ! vous autres, enlevez-moi ça !

J'étais stupéfait.

Je demandai :

— Est-ce que ça vous prend souvent ?

Mais comme il demeurait sourd à mon interrogation, fouettant le zèle des déménageurs, leur criant : « Hardi, là ! hardi !... Soulevez-le par les poignées ! » et disant qu'il avait apporté une corde :

— En vérité, je ne vous comprends pas, déclarai-je. Je vous ai loué, il y a un an, ce piano, à raison de quinze francs par mois, que je vous ai payés avec ponctualité. Le respect que j'ai toujours eu de la propriété des autres m'a fait lui prodiguer des soins pour ainsi dire maternels : jamais une autre main que la mienne n'en a passé les dorures à l'eau de cuivre, n'en a frotté le palissandre à l'encaustique japonais. Sans doute, s'il m'eût appartenu, je m'en fusse moins mis en peine. Quelle mouche vous a donc piqué ? Quelle fureur s'est emparée de vous ? Pourquoi me priver de ce meuble dont je vous paie la location, que j'entretiens en bon état et dont je me sers pour jouer des airs qui me distraient quand je m'embête ?

Il répondit :

— Vous ne deviez point déménager sans mon autorisation expresse, car je ne loue point de piano que le concierge du locataire n'appose d'abord sa signature au bas de l'acte de location. C'est pour moi une ga-

rantie indispensable. Or vous avez quitté votre ancien domicile pour en venir occuper un nouveau. A cette heure, je suis dans vos mains : il vous est loisible de dire que *mon* piano est à vous et de vous l'offrir si le cœur vous en dit. Je ne vous connais pas, après tout. Est-ce que je sais jusqu'à quel point vous n'êtes pas un malhonnête homme ? Qui me prouve que vous payez vos dettes, si ce n'est contraint et forcé ? Qui me dit que vous n'avez pas des traites en souffrance chez les huissiers du voisinage et que vous ne serez pas saisi demain, vous, vos frusques et votre mobilier... dont *mon* piano fait à présent partie ? D'ailleurs ce n'est pas tout ça ; vous me l'allez rendre, *mon* piano ; vous me l'allez rendre à l'instant même, ou j'envoie chercher les agents et je dépose une plainte en abus de confiance entre les mains du procureur de la République.

Tout en discourant de la sorte, le loueur de piano me foudroyait de ses regards, des regards noirs, chargés de haine. Que j'eusse pris de satisfaction à lui casser sa sale gueule ! Seulement, voilà, je suis un homme d'intérieur, je me complais à l'intimité du chez moi et j'aime charmer la longueur des mornes soirées de l'hiver en jouant au piano le *Petit Suisse*, *Mon Rocher de Saint-Malo* et l'air charmant de Loïsa Puget :

Un coup d'picton !
Moi j'm'en fiche,
Y faut que j'liche !

La perspective d'une dépossession cruelle me troublant plus que je ne saurais dire, je ravalai le flot indigné que je sentais me prendre à la gorge.

— Voilà bien des histoires, dis-je. Au reste, puisque ma parole ne vous semble pas une garantie suffisante, je vais envoyer ma domestique prier le concierge de venir parapher de sa griffe le contrat de location du...

Ouat! Je n'eus point le temps d'achever.

— Inutile! braillait mon interlocuteur. Je me moque de votre concierge. Je veux mon piano, voilà tout. Oh hisse! les déménageurs! Enlevez-le avec précaution! Un peu d'huile de bras, s'il vous plaît!

C'était à la fois le plus féroce et le plus perspicace des hommes; si bien qu'ayant lu dans mes yeux mes secrètes inquiétudes, ils n'hésitait point un seul instant à sacrifier sa rapacité au plaisir de me faire du chagrin en me privant d'une distraction qu'il devinait m'être précieuse. Crapule, va! — Il finit cependant par céder... non sans avoir exigé de moi une augmentatiou mensuelle de huit francs sur le prix de location de la misérable épinette dont il me laissait la jouissance. Encore feignit-il d'en user avec beaucoup de grandeur d'âme.

Le différend tranché, je hélai par-dessus la rampe le concierge Arnoult, qui monta, et je lui expliquai ma requête. Absurde à l'égal d'un sophisme, aussi bête qu'un troupeau de cochons et plus bouché à soi tout seul que cent flacons d'éther bouchés à l'émeri, le concierge ne comprit pas ; mais pressentant que s'en appelais à sa bonne grâce, il n'eut pas une hésitation.

Simplement :

— Non ! déclara-t-il, je ne ferai pas ce que vous me demandez.

Pourquoi ne le voulut-il pas faire ? Mon Dieu, pour rien ! pour le plaisir ! pour la seule et unique raison que je souhaitais qu'il le fît.

En vain, j'insistai :

— Je vous prie, signez cet acte, monsieur Arnoult ! Quel avantage trouvez-vous à ne pas me rendre ce petit service ?

— Point ! hurlait Arnoult. Point ! point ! point ! Ce piano fait partie de l'ameublement qui me répond de votre solvabilité et je ne le laisserai pas sortir. Sais-je si vous paierez votre terme, quand je vous présenterai la quittance ?

— Et ma salle à manger ?

— Je m'en fiche !

— Et ma garniture de cheminée, d'une valeur de douze cents francs ?

— Je me fiche de votre garniture !

— Et ma bibliothèque de poirier noirci, que j'ai payée deux cents louis ?

— Je me fiche de votre bibliothèque. Le piano ne sortira pas ; voilà tout ce que j'ai à vous dire.

Ainsi parla Arnoult le concierge, et brusquement mes yeux s'ouvrirent à la réalité des choses, Je compris que les hommes sont méchants, et mon cœur, exempt de souillures, mon cœur pur, mon cœur ingénu, s'emplit soudain contre eux de rancœurs irréconciliables. Pincé ainsi qu'en un étau entre ces deux êtres infâmes, également acharnés, et cela sans aucun motif, à me voler l'innocent plaisir que je goûte à faire chanter au clavier les inspirations de Loïsa Puget, j'imaginai soudain de neutraliser ces forces et de les réduire à néant par l'application du principe *similia similibus*.

— Enlevez l'instrument ; je n'en veux plus ! criai-je au loueur de pianos.

— Je m'y oppose ! hurla aussitôt le concierge.

— Je m'en emparerai pourtant, dit le premier, car il garantit ma créance.

— Je vous en empêcherai, répliqua le second, par toutes les voies de droit et même d'injustice, car il me répond du loyer.

Et voilà trois ans que cela dure ; trois ans que ces deux imbcéiles, victimes de leur complicité, disputent d'une propriété dont je suis le seul à jouir et vocifèrent : « ce piano est mon bien » avec un touchant unisson, ce pendant que moi, désormais désintéressé, je joue de la musique pour rien, sur un piano qui se trouve ne plus être à personne, en louant la sagesse du Seigneur Notre Dieu qui a su faire, de la bêtise insondable des hommes, un contrepoids à leur surprenante méchanceté.

UNE LETTRE CHARGÉE

La scène se passe à la poste.

LA BRIGE, *le nez à un guichet.*

Monsieur, un de mes amis qui me devait cent francs vient de me renvoyer cette somme. Il me l'a expédiée par lettre chargée, à mon nom bien entendu, mais adressée au Ministère de l'Intérieur où je suis commis principal. Le facteur chargé de me la remettre s'est présenté à mon bureau avant que j'y fusse arrivé...

L'EMPLOYÉ

... et il l'a remportée, comme c'était son devoir.

LA BRIGE.

Vous l'avez dit. Elle a donc fait retour à la poste ;...

L'EMPLOYÉ

... et, à cette heure, c'est moi qui l'ai.

LA BRIGE

Ah !... Voulez-vous me la donner, s'il vous plaît ? Je suis monsieur...

L'EMPLOYÉ.

... monsieur La Brige.

LA BRIGE, *un peu étonné*

Il est vrai. Mais comment...

L'EMPLOYÉ.

Vous ne me remettez pas ?

LA BRIGE.

Mon Dieu...

L'EMPLOYÉ.

J'ai eu, l'avantage, autrefois, de me trouver souvent avec vous aux vendredis des Crottemouillaud.

LA BRIGE.

Chez les Crottemouillaud ?

L'EMPLOYÉ

Oui.

LA BRIGE, *le fixant.*

Eh mais... Rappelez-moi donc votre nom... Rat bouilli, je crois ; Ratcrevé ?

L'EMPLOYÉ.

Ratcuit.

LA BRIGE.

C'est ce que je voulais dire. — Vous avez une sœur ?

L'EMPLOYÉ

Oui, monsieur.

LA BRIGE.

Fort blonde ?

L'EMPLOYÉ.

Fort blonde.

LA BRIGE.

C'est bien ça. La délicieuse jeune fille !... Je la fis valser bien des fois ! Je vous prie de m'excuser si je ne vous ai pas reconnu : je ne m'attendais pas au plaisir de vous voir, puis vous êtes à contre-jour. Enchanté de vous retrouver en bonne santé. Votre sœur va bien ?

L'EMPLOYÉ.

A merveille.

LA BRIGE.

Veuillez me rappeler à son souvenir et lui faire tous mes compliments.

L'EMPLOYÉ.

Je n'y manquerai pas.

LA BRIGE.

Mille grâces. — Donc, vous avez une lettre pour moi, une lettre chargée contenant cent francs ?

L'EMPLOYÉ.

La voici.

Il la lui fait voir.

LA BRIGE.

Bon !

Il avance la main par l'ouverture du guichet.

L'EMPLOYÉ, *qui recule la sienne.*

Pardon.

LA BRIGE.

Qu'est-ce qu'il y a, monsieur ? Vous ne voulez pas me donner ma lettre ?

L'EMPLOYÉ.

Je veux bien vous donner votre lettre, mais il vous faut, au préalable, justifier de votre identité.

LA BRIGE.

A qui ?

L'EMPLOYÉ

A moi.

LA BRIGE.

A vous ?

L'EMPLOYÉ.

Sans doute.

Un temps.

LA BRIGE, *stupéfait.*

Voilà une bonne plaisanterie !... Il faut que je vous établisse comme quoi je suis M. La Brige, alors que vous avez été le premier à me reconnaître, pour m'avoir vu vingt fois, naguère, chez nos amis les Crottemouillaud ?

L'EMPLOYÉ.

Permettez, monsieur ; permettez ! Je vous ai reconnu en tant qu'homme du monde, mais j'ignore qui vous êtes, en tant que fonctionnaire.

LA BRIGE.

Certes, j'avais entendu parler des chinoiseries administratives ; mais celle-ci...

L'EMPLOYÉ.

Vous êtes étonnant ! Je suis employé de l'Etat ; les règlements sont les règlements et je ne saurais les enfreindre sans risque.

La Brige veut parler.

L'EMPLOYÉ.

Eh ! monsieur, il y va de ma responsabilité. Supposez que vous ne soyez pas le destinataire de cette lettre et que je vous la remette cependant. Qu'arriverait-il ? Il arriverait : *primo*, que je serais engueulé comme du poisson pourri ; *secundo*, que j'aurais à rembourser de ma poche les cent francs, valeur déclarée, accusés à sa suscription.

LA BRIGE.

Que diable allez-vous chercher là, mon cher monsieur ! Suis-je, oui ou non, M. la Brige ? De votre propre aveu, le suis-je ?

L'EMPLOYÉ.

Vous êtes M. La Brige, c'est vrai.

LA BRIGE.

Eh bien, alors ?

L'EMPLOYÉ.

Eh bien, justifiez, preuves en main, que vous êtes bien cette personne, et je vous remettrai ce qui est à vous.

LA BRIGE, *les yeux au ciel.*

La fooorme !... Enfin ! (*Il tire son portefeuille.*) Voici des enveloppes de lettres.

L'EMPLOYÉ.

Je vous remercie, mais ça ne suffit pas. Avez-vous votre carte d'électeur ?

LA BRIGE.

Non, mais je peux vous montrer ma quittance de loyer et mon contrat d'assurance.

L'EMPLOYÉ.

Je m'en contenterai.

LA BRIGE.

C'est heureux. Voici ces deux pièces.

L'EMPLOYÉ, *qui les prend.*

Merci.

Long silence. L'employé examine les papiers de tout près.

De l'autre côté du grillage auquel il repose son front, La Brige attend une décision en grinçant des maxillaires.

A la fin :

L'EMPLOYÉ

Je reconnais l'authenticité de ces documents. Seulement, ils ne prouvent rien,

LA BRIGE.

Pourquoi ?

L'EMPLOYÉ.

Parce qu'ils concernent un nommé Jean-Philippe La Brige, domicilié 14 bis, rue de Douai, alors que la lettre chargée, objet de votre démarche, intéresse un nommé La Brige, prénommé aussi Jean-Philippe, mais domicilié place Beauveau, au Ministère de l'Intérieur.

LA BRIGE.

Si bien que voilà le ministre obligé de me louer un bureau ou de m'assurer contre le feu, faute de quoi ce sera comme des pommes pour rentrer dans mes cent francs ?

L'EMPLOYÉ.

Rassurez-vous. La lettre vous sera représentée.

LA BRIGE.

Quand ?

L'EMPLOYÉ.

Demain matin, à huit heures.

LA BRIGE.

Bon ! Les bureaux n'ouvrent qu'à dix.

L'EMPLOYÉ.

Puis à midi.

LA BRICE.

De mieux en mieux. C'est le moment où je pars déjeûner.

L'EMPLOYÉ.

Puis à six heures.

LA BRIGE.

Du soir ?... Parfait !... Les ministères ferment à cinq.

L'EMPLOYÉ.

Monsieur, j'en suis désolé ; mais avec la meilleure volonté du monde il n'est pas possible à la poste de modifier les heures du courrier à seule fin de les faire concorder avec vos heures de présence au Ministère de l'Intérieur.

LA BRIGE.

Alors?

L'EMPLOYÉ.

Alors...

Geste vague.

LA BRIGE.

Alors, c'est bien ce que je pensais ; nous passerons, le facteur et moi, la moitié de notre existence à tenter de nous rencontrer, et l'autre moitié à flétrir la fatalité exécrable qui nous isolera, moi et lui, trois fois chaque jour, à heures fixes, sur des points différents du globe. Cependant, sciemment et de sang-froid, vous persisterez à détenir entre vos mains une somme d'argent dont j'ai besoin et que vous savez être à moi au point de n'en pouvoir douter ?

L'EMPLOYÉ.

Monsieur ?

LA BRIGE.

Monsieur, cela est trop absurde. Si je connais bien le règlement, le destinataire d'une lettre chargée entre en possession de son dû moyennant décharge au facteur par lui donnée sur un petit livre à cet effet ?

L'EMPLOYÉ.

Oui.

LA BRIGE.

Ceci sans le concours d'aucun contrat d'assurance, d'aucune quittance de loyer. en un mot, d'aucune sorte de papier authentique répondant de l'identité du signataire ?

L'EMPLOYÉ.

Non.

LA BRIGE.

C'est tout ce que je voulais savoir. Vous trouverez donc bon, monsieur, que je donne la somme de vingt sous au concierge de mon Ministère afin qu'il réponde : « C'est moi » quand le facteur, ma lettre à la main, viendra lui demander · « M. La Brige ? »

L'EMPLOYÉ.

Je n'y vois pas d'inconvénient.

LA BRIGE.

Vous voudrez bien tenir pour excellente la griffe : « Jean Philippe La Brige » qu'apposera sur registre officiel ce personnage appelé Pépin ?

L'EMPLOYÉ.

Pourquoi pas ?

LA BRIGE.

Ce sera un faux.

L'EMPLOYÉ.

Qu'est-ce que vous voulez que j'y fasse ?

LA BRIGE.

Rien du tout. Nous voici d'accord et vous m'en voyez plein de joie. Monsieur, à l'honneur de vous revoir ! Mes amitiés à votre sœur.

L'EMPLOYÉ.

Serviteur de tout mon cœur !

(L'employé se remet au travail. La Brige, lui, gagne la sortie et retourne à son ministère, y acheter à raison d'un franc la signature du concierge, qui se fait d'ailleurs un plaisir de la lui donner pour rien : gens honnêtes et simples, gens de bien, personnes estimables qui doivent se mettre à deux, afin de ramener à la raison — grâce à une imposture grossière — la sottise des règlements, laquelle serait sans limites, si la bêtise des hommes chargés de les appliquer ne la dépassait de cent coudées.)

UNE OPPOSITION

8 *mars*. — Race abjecte des domestiques ! Je viens de flanquer à la porte Bonnamour, mon valet de chambre. Depuis longtemps je le soupçonnais de me dérober mon argent et de boire le vin de ma cave ; une goutte d'eau a fait déborder le vase. Voici. Je travaillais à mettre en ordre les livres de ma bibliothèque, quand le bruit d'une discussion arriva jusqu'à mon oreille. Ayant ouvert la fenêtre de mon cabinet, je distinguai la voix de Bonnamour et aussi celle de son père, vieillard de soixante-seize ans, cassé et humble, que je fais semblant de ne pas apercevoir par l'huis entrebaîllé de l'office, les jou. s (d'ailleurs assez rares) où il vient bavarder avec son garçon en dégustant un bol de consommé qui n'est, mon Dieu ! pas dans le programme, ou en épluchant de son couteau l'os d'une côtelette de porc frais destinée en principe à mon repas du lendemain.

« Mauvais fils ! larmoyait le vieux. Tu laisses ton père mourir de faim ».

« Vous êtes une pratique ! criait l'autre ! une pratique et un carottier. Fichez-moi le camp, vieille canaille ! »

Mais le bonhomme :

« Paye-moi ma pension, voleur ! Il y a plus de quatre mois que tu ne m'as versé un sou. Tu me dois deux cents francs ; je les veux ».

Je compris. Le père Bonnamour, cela me revenait tout à coup, avait troqué à son fils ses trois mille francs d'économies arrachées centime par centime à cinquante années de travail, de privations, de noble et auguste misère, contre un viager de trente louis, que le gaillard, bien entendu, gardait scrupuleusement pour soi, se moquant bien que son père fût sans pain, pourvu qu'il pût s'enivrer, lui, jusqu'à en tomber comme une brute, chez les marchands de vitriol. Scélérat !... L'indignation me prit. Je courus d'une traite à l'office, j'en repoussai violemment la porte ; je mis vingt francs dans la main du père et je réglai son compte au fils ; après quoi : du balai ! oust ! hop !

Je n'ai plus qu'à brûler du sucre.

10 *mars*. — Bonnamour m'était odieux. Je m'en

rends brusquement compte au soulagement que je goûte à ne plus le sentir près de moi. Je me rappelle avoir, vers vingt ans, éprouvé la même impression de bien-être en me découvrant épuré d'un tas de mauvais sentiments, de petites bassesses anonymes, qui me souillaient honteusement et ne paraissaient cependant pas m'avoir gêné outre mesure.

20 *mars*. — Je reçois l'exploit que voici :

OPPOSITION

L'an mil huit cent quatre-vingt-seize, le vingt mars, à la requête de M. Bonnamour, domicilié à Paris, j'ai, Jean-Bonaventure-Christophe Legruyer, huissier au tribunal de 1re instance séant à Paris déclaré au sieur La Brige, domicilié en ladite ville où étant et parlant à son concierge, que le requérant s'oppose à ce qu'il se dessaisisse, paie et vide ses mains d'aucune somme, de deniers, d'autres choses quelconques qu'il aura droit ou devra à M. Bonnamour Jean-Philippe, fils légitimé du sus-nommé, et ce pour avoir paiement de la somme de deux cents francs, montant des arriérés d'une pension viagère assurée à celui-ci par celui-là, par acte en bonne et due forme fait dans les termes requis par la loi, sous réserve de tous autres dus, à peine de tous dommages et intérêts, et lui ai laissé cette copie.

Qu'est-ce qu'on me chante ? je ne dois rien au fils Bonnamour, je n'ai donc rien à payer au père.

Je retourne son papier timbré à l'officier ministériel avec une fin de non-recevoir.

23 *mars.* — Par instants, l'idée me revient de l'opposition Bonnamour. D'une part, j'ai envie d'en rire et malgré moi je ne puis me défendre d'un sentiment de vague tristesse. Que le père Bonnamour déraisonne, qu'il pousse l'ingénuité au point de revendiquer à son profit une somme d'argent que je ne dois ni à lui ni à d'autres, soit ! ça n'a rien qui doive m'étonner, venant d'un vieillard en enfance. Mais une chose me stupéfie. Un homme s'est trouvé à même d'ouvrir à la lumière les yeux de cet aveugle et il les lui a laissés clos ! Il n'avait qu'une parole à dire et il n'a pas ouvert la bouche ! Et cet homme, c'est un de ces hommes que la loi arme de son glaive, en lesquels s'incarne, se personnifie, cette chose sacrée entre toutes, faite pour occuper dans la vénération des gens de bien la première place après Dieu : la Justice !

Est-ce à dire que j'accuse l'huissier d'avoir sciemment, de gaieté de cœur, carroté au père Bonnamour huit francs dont eût vécu huit jours ce pauvre homme si digne d'intérêt ? Non. J'ai trop le respect de mes semblables pour m'attarder une seule minute dans le fumier d'une telle hypothèse. Mais il est un fait indéniable : nous vivons en des temps douteux, d'une désespérante veulerie, où la véritable honnêteté ne se sent guère plus à son aise qu'une femme de mœurs irréprochables dans un de ces milieux bâtards, à la fois strictement corrects et manifestement équivoques, devenus si fréquents, hélas ! Tout se relâche, tout se détend. La CORRECTION, — ce mal né d'hier et dont nous périrons demain, si nous n'y mettons bon ordre — nous envahit de jour en jour : sournoise et doucereuse ennemie, perfide compromis des consciences qui capitulent sans en convenir, ne se sentant pas le courage d'être carrément des putains et de descendre sur le trottoir. C'est elle qui est la cause de tout ; c'est elle qui initie les hommes à l'art de danser sur les œufs, de côtoyer les précipices et de ne plus faire leur devoir tout en s'acquittant de leur tâche. L'huissier a-t-il fait autre chose, dans le cas dont il est question ?

Même jour. — C'est aux gens de conscience et de bon sens à réparer lorsqu'ils le peuvent les torts des fous et des indifférents. J'ai adressé au père Bonnamour un mandat-poste de dix francs et le conseil d'en rester là, sous peine pour lui de se mettre sur le dos des frais aussi lourds qu'inutiles, et que je ne lui rembourserais plus, bien entendu.

9 *avril.* — Deuxième exploit !... Je suis cité à comparoir le 25 du présent mois, devant la 3e chambre civile, pour m'entendre condamner à payer deux cents francs au père Bonnamour. Or, le père Bonnamour, cette fois, ne pèche plus par simple ignorance. Alors quoi ?... Ce bon vieillard serait-il une simple canaille ? Je commence à partager sur ce point, l'opinion de son excellent fils. Quant à me rendre au tribunal, point ! Je vis en paix à Saint-Mandé, entouré de mes bêtes, qui m'adorent, et de mes rosiers, qui m'embaument. Je ne m'arracherai certainement pas à la douceur de tant de calme pour aller respirer une journée entière l'air infecté des salles d'audience. Aussi bien, qu'irais-je faire là-bas ? J'ai le bon droit de mon côté, et quand le diable serait là, nous avons des juges à Paris.

26 *avril.* — Elle est raide ! Je suis condamné. On dit du véritable sage qu'il ne doit s'étonner de rien. J'avoue pourtant que, cette fois, les bras me tombent. N'importe, il faut que je me retourne. Je vais

écrire à mon homme d'affaires de venir déjeuner avec moi.

28 *avril.* — Mon homme d'affaires, Destenet, est le plus charmant des hommes. Quel agréable compagnon ! Quel gai et réjouissant compère ! Sa conversation éclate à chaque instant, en piquantes saillies, en bons mots, en observations ingénieuses. Et si bien élevé, avec ça !... Une seule chose en lui m'énerve : son énigmatique et latente raillerie aussitôt qu'il vient à parler des choses de sa profession. Alors, on ne saurait définir quelle transformation étrange s'opère à l'instant même sur les traits de son visage, demeuré — remarquez ceci — imperturbablement égal, précisément, exactement, indiscutablement le même qu'une minute auparavant. Sur cette face impassible et grave, des gaîtés se sont allumées, évidentes et insaisissables, informulées et manifestes. Qu'est-ce qui rit ainsi en lui ? Je ne sais pas. Le regard ? Peut-être. La bouche ? C'est possible. Rien et tout. Je vous dis que c'est exaspérant ! Les femmes devant lesquelles on vient à louanger les vertus d'une amie à elles, ont cette expression équivoque, à la fois discrète et goguenarde, qui approuve et hurle de joie. Ça ne fait rien : c'est un gentil garçon. Je me fais fête de l'avoir demain pour convive.

29 *avril, soir.* — Destenet sort d'ici. Il m'a dit que j'étais dans mon tort, — chose que je n'eusse point soupçonnée et qui, en dépit de mille raisons toutes plus excellentes les unes que les autres, continue à me trouver sceptique. Au reçu de l'opposition du 20 mars, j'aurais dû faire ce qu'il appelle la *déclaration affirmative,* c'est-à-dire la dénoncer comme non fondée et, par conséquent, comme non recevable, ceci au greffe et par ministère d'avoué. J'en aurais été quitte pour quinze francs. Faute d'avoir su, il faut maintenant :

1e Que je fasse opposition au jugement qui m'a condamné par défaut, — toujours par ministère d'avoué ;

2e Que je fasse déposer sur le bureau du tribunal des conclusions tendant à ce que le père Bonnamour soit débouté de sa demande, — par ministère d'avocat, cette fois. Car la loi, en matière civile, ne reconnaît pas à un monsieur le droit de se défendre lui-même. Il lui faut prouver son bon droit par l'intermédiaire d'un tiers payé cent ou cent cinquante francs pour s'improviser le porte-parole et démontrer la probité d'un homme dont, la veille encore, il ignorait le nom, la naissance !... Oui ? Eh bien ! le père Bonnammour paiera ça plus cher qu'au marché. En avant le papier timbré et la phalange des robes noires ! Mon procès est imperdable. Débouté de sa plainte imbécile, cette vieille canaille, père de canaille, aura tous les frais sur le dos. Ce sera bien fait. J'en ai assez ; je passe ma vie à essaver de repêcher des malfaiteurs noyés dans leurs propres immondices ; c'est trop bête. Si encore ils ne se moquaient pas de moi...

4 *mai.* — Je fais opposition dans les formes. Voilà l'affaire engagée.

20 *août.* — L'affaire est inscrite au rôle. Elle sera appelée le 1er septembre.

1er *septembre.* — Renvoi de mon procès à quinzaine. Je regrette de m être dérangé.

16 *septembre.* — Deuxième renvoi.

30 *septembre.* — Troisième renvoi.

15 *octobre.* — La cause est, enfin, appelée. A huitaine pour le jugement ; mais l'affaire est dans le sac. Le président est un homme plein de bon sens : « Il ne suffit pas, a-t-il dit à l'avocat du père Bonnamour, de réclamer deux cents francs pour que les juges vous les accordent. Il faut prouver qu'on vous les doit. A ce compte-là, vous pourriez réclamer un million. » Ça crève les yeux d'évidence.

22 *octobre.* — Ça y est ; le vieux est rincé. Il est débouté de sa plainte et condamné aux dépens. Mon

avocat me coûte dix louis, mais je goûte l'ineffable joie de fouler aux pieds un coquin. Vivent les honnêtes gens ! La justice est de ce monde. Quand on est dans le vrai, on finit toujours par avoir raison.

5 *novembre*. — Ce qui m'arrive dépasse en extravagance tout ce qu'on peut imaginer. Convaincu d'imposture, le père Bonnamour a été condamné, comme c'était justice, à payer les pots cassés ; mais LA LOI VEUT QUE DANS LES PROCÈS ENTRE PARTICULIERS, LA PARTIE GAGNANTE PAYE POUR L'AUTRE, SI CELLE-CI EST RECONNUE INSOLVABLE. Or, c'est le cas du père Bonnamour. En sorte que, submergé de mon droit, le front chargé des lauriers du triomphateur, je n'ai plus qu'à payer six cents et quelques francs, montant des frais du procès, la gloire d'avoir démontré, que je n'en devais pas deux cents !...

J'ai un fils de dix-neuf ans. Le jour où il atteindra sa majorité, je lui ferai flanquer un conseil judiciaire, ce qui le rendra insolvable, le mettant ainsi à l'abri des monstruosités de la loi. Voilà. Et si, de cet instant, il essaye d'abuser de la situation pour ne pas payer ce qu'il doit ou pour dépouiller son prochain, c'est à moi qu'il aura affaire.

TABLE DES MATIÈRES

L'AMI DES LOIS.

Fontenay-aux-Roses. — Imp. Louis Bellenand.

www.ingramcontent.com/pod-product-compliance
Ingram Content Group UK Ltd.
Pitfield, Milton Keynes, MK11 3LW, UK
UKHW020339250726
13967UKWH00005B/2018

9 782013 609135